터미널

이홍섭 시집

문학동네시인선 006 이홍섭

터미널

시인의 말

산 첩첩하고 물 중중한 강원도 오지에서 자랄 때, 집 뒤에 대처승 가족이 살던 움막 같은 집이 한 채 엎드려 있었다. 그리고 그 집과 우리 집 사이에는 내가 좋아하던 심배나무 한 그루가 서 있었다. 그 대처승에게는 올망졸망한 자식들이 줄줄이 달려 있었고, 마당 가득 가난이 널려 있었다.

대처승은 늘 아침 일찍 마당에 나와 무연하게 먼 산을 바라보곤 했다. 나는 심배를 주우며, 입 안 가득 침이 넘치도록 신 심배를 먹으며 그 모습을 오래도록 지켜보곤 했다. 그 이후 나는 삶이 턱없이 남루해 보일 때면 심배나무 아래 나를 세워놓고 그 텅 빈 마당을 떠올리곤 했다.

첩첩한 산 너머, 중중한 물 건너 무엇이 있으랴만, 이 삶의 오지에서 시 아니면 또 달리 무엇을 구하겠는가. 서러운 자식 같은 시들을 마당 가득 널어놓고 보니, 지금까지 이어온 내 삶이 먼 산에 가닿던 그 무연함과 이를 바라보며 삼키던 심배의 그 징한 신맛 사이를 오간 것이 아니었는가 싶다. 물론 시도 그러했을 것이다.

2011년 7월,
이홍섭

003

차례

1부

입술

수족관 유리벽에 제 입술을 빨판처럼 붙이고
간절히도 이쪽을 바라보는 놈이 있다

동해를 다 빨아들이고야 말겠다는 듯이
입술에다 무거운 자기 몸 전체를 걸고 있다

저러다 영원히 입술이 떨어지지 않을 수도 있겠다
유리를 잘라야 할 때가 올지도 모르겠다

시라는 게, 사랑이라는 게
꼭 저 입술만하지 않겠는가

영월

영월에 가면 세수하고 싶다

영월에 가면
먼저 서강에 가서
이 마을 처녀처럼 세수하고 싶다

비누가 없어도
비누거품 하나 일지 않아도
물처럼 만져지는
내 맨얼굴 같은 거

영월에 가면
영월에 가면
서강 갱변의 모래 같은
해정한 사내가 되어

이 마을 처녀 곁에서
세수하고 싶다

종재기가 깨진다는 말

젊은 날, 절에 들어와 처음 의문을 품었던 말은
무슨 거창한 화두 같은 것이 아니라
바람결에 들은 종재기가 깨진다는 말이었다.

화두를 잘못 들어 한평생 행려병자처럼 살아가야 할 스님이나
화두를 잘 들어 한 소식 한 스님이나
간장 종지 같은 머리가 깨지기는 마찬가지.

종재기 속에 무엇이 들었는지는 아직 알 수 없으나
삶은 종재기가 깨지도록 가야 하는 그 무엇이기에
이 말 속에는 더덕 애순 같은 지순함이 들어 있는 것이었다.

철마다 골짜기, 골짜기를 온통 뒤덮고 난 뒤
언제 그랬냐는 듯이 제 뿌리 속으로 스며드는 더덕 향 같은 것이
이 종재기가 깨진다는 말 속에는 들어 있는 것이다.

지누아리

일곱 살배기가 무슨 맛을 알겠냐만, 밥숟가락을 들고 지누아리를 얹어달라고 하는 것을 보면 피를 통해 전해지는 입맛이 따로 있긴 있는 것이리. 명색이 시인인 애비가 죽을 때까지 꼭 시로 쓰고 싶은 것이 있었으니, 그게 바로 이 오묘한 지누아리 맛이라. 애비가 말 배운 뒤부터 평생 보고 자란 동해에서 나는 이 지누아리는, 그 맛의 빛깔이 동해의 물빛만큼이나 층층이 달라서 바닷속으로 잠겼다 떠오른 해와 달의 흔적을 다 머금고 있는 거라. 거기에는 평생 간절함으로 애간장이 다 녹은 사람의 구절양장한 사랑도 남아 있어서, 씹으면 씹을수록 해와 달이 바닷속에 잠겼다 떠오르는 것을 되풀이하는 것이니, 누가 있어 이 첩첩한 맛의 빛깔을 다 넣어놓을 수 있겠는가.

아들아, 먼 훗날 이 애비가 너의 사랑의 빛깔을 다 볼 수 없을지라도, 사랑의 기쁨과 사랑의 고통에 대하여 애비와 함께 나누게 되지 못할지라도, 오늘처럼 늙은 애비가 흰밥 위에 얹어주던 이 지누아리의 맛으로 세상을 비춰보거라. 천천히, 아주 천천히 그네를 타면서 바닷속에 잠겼다 떠오르는 해와 달의 노래에 귀 기울여보아라.

귀 조경

일평생 나무만 길러온 노인이 말씀하시길, 조경 중에 제일은 귀 조경이라 하신다. 키 큰 나무, 키 작은 나무, 잘생긴 나무, 못생긴 나무를 두루 심어놓고 보고, 만지고, 냄새 맡고, 이따금 이파리와 꽃잎의 맛을 보는 조경도 일품이지만, 무엇보다 제일의 조경은 이 나무들이 철따라 새들을 불러모으고, 새들은 제각기 좋아하는 나무를 찾아들어 저마다의 소리로 목청 높게 노래 부르는 것을 듣는 일이라. 키 큰 나무만 심어놓으면 키 큰 나무에만 둥지를 트는 새의 노래를 들을 것이요, 키 작은 나무만 심어놓으면 키 작은 나무에만 날아오는 새의 노래를 들을 것이니, 그것은 참된 귀 조경이 아니라 하신다.

오랜만에 봄 창을 열고 목노인(木老人)처럼 생각하거니, 나는 이 세상에 나서 어떤 나무를 심어왔고, 내 정원에는 어떤 목소리의 새가 날아왔던가. 나는 또 누구에게 날아가 키 큰 나무, 키 작은 나무에 둥지를 틀고 오늘처럼 봄날의 노래를 들려줄 것인가.

주인

아이가
힘겹게 뒤집기를 시작하면서
이 철없는 세상을 용서하기로 했다

마흔 넘어 찾아온 아이가
외로 자기 시작하면서
이 외로운 세상을 용서하기로 했다

바람에 뒤집히는 감잎 한 장
엉덩이를 치켜들고 전진하는 애벌레 한 마리도
여기 이 세상의 어여쁜 주인이시다

힘겹고, 외로워도
가야 하는 세상이 저기에 있다

진또배기

젊은 날, 해변을 떠돌다
진또배기*를 만나면 반가웠다

푸른 하늘에는 새가 날아다녔지만
사람이 깎아 만든 새가
그토록 정다웠던 이유를 몰랐다, 새를 쳐다보며
아득히 외로웠던 이유를 몰랐다

이제는 외로움의 경계를 아는 나이

하늘과 바다의 경계를,
나와 당신의 경계를,
발아래 사무치는 파도의 외로움을 아는 나이

하늘에는 새가 날고
사람이 깎아 만든 새는
영원히 고독을 나느니

오늘은
서쪽 구름이
새의 얼굴을 그리고 있다

* 강릉에서 솟대를 지칭하는 말.

등대

나 후회하며 당신을 떠나네

후회도 사랑의 일부
후회도 사랑의 만장 같은 것

지친 배였다고 생각해주시게
불빛을 잘못 보고
낯선 항구에 들어선 배였다고 생각해주시게

이제 떠나면
다시는 후회가 없을 터
등 뒤에서, 등 앞으로
당신의 불빛을 온몸으로 느끼며
눈먼 바다로 나아갈 터

후회도 사랑의 일부
후회도 사랑의 만장 같은 것이라

나 후회하며
어둠 속으로 나아가네

기저귀

도립병원 구석진 육 인 병실에서
노인들은 모두 기저귀를 차고 있다

먼 옛날 어머니 대신
이제는 낯선 간병인이 똥 기저귀를 둘둘 말고 있다

정신은 멀쩡하나 똥오줌을 못 가리는 막내 노인은
또 머리끝까지 이불을 뒤집어쓴다

죽어도 기저귀는 안 차겠다고 버티다
오늘 아침 가족들 손에 이끌려 왔다

정선 아라리

눈은 펄펄 나리는데
고등어자반 한 손을 들고
읍내에서
삼십 리 길을 걸어
아버지가 가신다, 아버지의 뒷모습이 가신다

눈은 펄펄 나리는데
고등어자반 한 손을 들고
빌딩 숲을 지나
지하도를 지나
집에 닿는다, 삼십 리 길을 따라온 아라리도
어깨에 쌓인 눈을 턴다

무량법회

오늘은 큰 법당 대들보를 올리는 날

아침부터 노보살들이 산길을 오르는데
하나같이 다리가 성치 않다, 한 발을 옮길 때마다
뼈마디 뼈마디에서 터져나오는 한숨과 한숨

저 성근 다리로
자식을 낳고, 업고 기르고
지아비의 밥상을 나르고
늙으신 부모님과 또한 언제나 늙으신 부처님을 봉양했으니

저 대들보가 천년을 간다 한들
일흔 고개를 넘어가는
어머니의 두 다리는 따라갈 수 없겠다

벌초

벌초라는 말 참 이상한 말입디다, 글쎄 부랑무식한 제가 몇 년 만에 고향에 돌아와 큰집 조카들을 데리고 벌초를 하는데, 이 벌초라는 말이 자꾸만 벌받는 초입이라는 생각이 드는 거예요, 내 원 참 부모님 살아 계실 때 무던히 속을 썩여드리긴 했지만…… 조카들이 신식 예초기를 가져왔지만 저는 끝까지 낫으로 벌초를 했어요, 낫으로 해야 부모님하고 좀더 가까이 있는 느낌이 들고, 뭐 살아 계실 적에는 서로 나누지 않던 얘기도 주고받게 되고, 허리도 더 잘 굽혀지고…… 앞으로 산소가 없어지면 벌받을 곳도 없어질 것 같네요, 벌받는 초입이 없어지는데 더 말해 무엇하겠어요, 안 그래요, 형님.

산 아래 식사

산 아래에서
산과 마주 앉아 밥을 먹으면
낯설고 험한 산길도
누룽지처럼 익어간다

절 밥을 축내던 시절
나는 밥때가 되면
죽어라고 산을 내려와 산을 마주하며 밥을 먹었다

찬물에 밥 말아 먹을지언정
밥은 꼭 세간에서 먹어야 한다고

이 비루먹을 세간에서

귀거래, 귀거래

—고향에 돌아왔으니 이제 고향은 저 멀리 던져버려야겠다

고향에 짐을 푼 첫날 밤, 이 한 구절이 섬광처럼 지나갔으나
계절이 바뀌어도 뒷 문장이 이어지지 않는다

나는 아직도 나그네의 고향으로 돌아가지 못했다

멀미

어머니와 함께
아흔아홉 굽이 대관령 넘어 친척 집으로 가는 길

휘청거리는 버스 안에서
젊은 어머니는
어린 아들에게 자꾸 말을 시키셨다

말 좀 해볼래
말 좀 해볼래

그러다보면
어느덧 버스는 대관령을 넘고
어머니는
내 손을 꼭 잡고 잠이 드시곤 했다

일흔 넘으시며
어디 한 군데 몸 성한 곳 없는
늙으신 어머니

삶은 굽이굽이 멀미 같은 것이어서
누군가 옆에서
말을 건네야 하는 것인데

말 좀 해볼래
말 좀 해볼래
조르던 어머니께서는
이제 말이 없으시다

한계령

사랑하라 하였지만
나 이쯤에서 사랑을 두고 가네

길은 만신창이

지난 폭우에
그 붉던 단풍은 흔적 없이 사라지고
집도 절도 없이
애오라지 헐떡이는 길만이 고개를 넘네

사랑하라 하였지만
그 사랑을
여기에 두고 가네

집도 절도 없으니
나도 당신도 여기에 없고

애간장이 눌어붙은 길만이

헐떡이며, 헐떡이며
한계령을 넘네

민들레

사랑은 귀신도 모르게 해야 한다는데
내 사랑 감출 수 없어 꽃으로 피어났어요

구하지 않았는데 밤하늘에 별이 뜨고
부르지 않았는데 청청하늘에 시린 낮달이 떠요

후, 불면 날아가는 게 사랑인 줄 알지만
그래도 명치끝에는 언제나 맑은 옹이가 남아 있어

그 힘과 그 부끄러움으로 길게 목을 빼어요

2부

터미널

젊은 아버지는
어린 자식을 버스 앞에 세워놓고는 어디론가 사라지시곤 했다
강원도하고도 벽지로 가는 버스는 하루 한 번뿐인데
아버지는 늘 버스가 시동을 걸 때쯤 나타나시곤 했다

늙으신 아버지를 모시고
서울대병원으로 검진받으러 가는 길
버스 앞에 아버지를 세워놓고는
어디 가시지 말라고, 꼭 이 자리에 서 계시라고 당부한다

커피 한 잔 마시고, 담배 한 대 피우고
벌써 버스에 오르셨겠지 하고 돌아왔는데
아버지는 그 자리에 꼭 서 계신다

어느새 이 짐승 같은 터미널에서
아버지가 가장 어리셨다

터미널 2

강릉고속버스터미널 기역 자 모퉁이에서
앳된 여인이 갓난아이를 안고 울고 있다
울음이 멈추지 않자
누가 볼세라 기역 자 모퉁이를 오가며 울고 있다

저 모퉁이가 다 닳을 동안
그녀가 떠나보낸 누군가는 다시 올 수 있을까
다시 돌아올 수 없을 것 같다며
그녀는 모퉁이를 오가며 울고 있는데

엄마 품에서 곤히 잠든 아이는 앳되고 앳되어
먼 훗날, 맘마의 저 울음을 기억할 수 없고
기역 자 모퉁이만 댕그라니 남은 터미널은
저 넘치는 울음을 받아줄 수 없다

누군가 떠나고, 누군가 돌아오는 터미널에서
저기 앳되고 앳된 한 여인이 울고 있다

터미널 3

오늘부터 어머니는 텅 빈 자궁이다

한때 머물렀던 집으로
나는 이제 영원히 돌아갈 수 없다

평생 지아비 병수발로
간신히 여성이었던 어머니, 마취에서 깨어나시면
차마 시원하실까

갓 태어난 아이들의 울음소리 요란한 산부인과
간이 침대에서
나는 텅 빈 천장을 보고 있다

어머니의 손을 꼭 잡고
텅 텅 빈 터미널에 서 있다

터미널 4

이 터미널은 지하 1층 지상 3층

지하에는 장례식장
지상 3층에는 산부인과
그 사이를
늙고 병든 환자들이 오간다

사람들은 3층에서 태어나
지하로 내려갔다가
검은 차를 타고 어디론가 떠난다

남아 있는 사람들은
퀭한 눈으로
주머니 속의 차표를 만지작거린다

터미널 5

그러지 말았어야 했다
늙으신 아버지 앞에서 몸을 부르르 떤 일
슬픈 어머니 곁을 떠나려 했던 일
한 여인을 끝끝내 사랑하지 못한 일

그러지 말았어야 했다
푸른 하늘을 향해 팔뚝질했던 일
컴컴한 밤, 죽어서 외로운 부도를 향해 오줌발을 세웠던 일
한 여인을 끝끝내 떠나보내지 못한 일

그러지 말았어야 했다
그러지 말았어야 했다

누군가 떠나고
누군가 다시 돌아오는 이 터미널

터미널 6

떠나갈 버스도
돌아올 버스도 없는 텅 빈 터미널

한 소나기 퍼붓다 지나간 들판마냥
텅 빈 적막 위에서
청소 아주머니들이 쓰레기통들을 연다

깡통은 깡통대로, 플라스틱은 플라스틱대로
종이는 종이대로
다시 쓰레기통으로 들어간다

내 떠나면
내 안의 어둠도 저렇듯 쏟아져나와
텅 빈 터미널을 채울 것인가

청소 아주머니들이 돌아가자
적막이 벌떡 일어나
천천히 터미널의 지퍼를 올린다

터미널 7
― 美林山房記

아이의 울음소리 들리는 곳에 짐을 풀었으나
내 울음만 듣다 한철을 보냈다

아이의 말이 트일 때쯤 짐을 싸려 했으나
이제는 가난한 애비가 문장을 만들지 못한다

아이가 말을 얻고, 애비가 문장을 잃는 사이
짐을 풀고, 짐을 싸기를 반복하는 사이

너가 오고 내가 가는 이 아름다운 이승에
우리가 머물다 갈 소슬한 집 한 채가 다 지어졌다

터미널 8

도립병원, 암수 서로 정다운 은행나무 두 그루 사이로
검은 장의차 한 대가 빠져나온다

하루에도 두세 번 문을 열었다 닫는
은행나무 부부가
장의차 위로 샛노란 은행잎 몇 장을 띄워준다

인간보다 오랫동안
만나고 헤어짐을 반복해온 저 은행잎이
오늘은 죽은 자를 안내할 것이다

터미널 9

아난다*야, 밤하늘의 별들이 유난히 반짝이는 것을 보니 나도 이제 이 터미널을 떠날 때가
되었구나. 아난다야, 나는 평생토록 병원과 터미널에 쪼그리고 앉아 생을 구경(究竟)하여 왔으니, 나의 경전 또한 그곳에서 펼쳐
볼 수 있을 것이다. 아난다야, 슬퍼하지 마라. 이 세상은 만나서 아프고, 또 헤어져서 아픈 것이다. 슬픔은 너무도 가까이에 있고, 기
쁨은 별똥별처럼 사라지고 만다. 아난다야, 산다는 것은 그렇게 아픈 것이다. 저 모텔의 불빛처럼 우리는 모두 지나가는 객일 뿐이
다. 아난다야, 그러니 문고리를 붙잡고 너무 슬퍼하지 마라. 이제 버스가 오면 나는 다시 객으로 돌아간다. 아난다야, 슬퍼하지 마라.
산다는 것은 그렇게 아픈 것이다.

* 붓다를 오랫동안 곁에서 시봉한 제자. 붓다의 열반을 지켰다.

슬픔

허리 굽은 노인 한 분이
늙은 버드나무 아래를 지나가시네

어쩌나, 나에게는
저 버드나무 옹(翁)이 더 멋있게 보이니

부디 나의 슬픔이
이 한 장면에서 끝나기를

관세음

앳된 사미승이 원통보전 계단을 오른다
계단을 다 오르면 거기 평생 모셔야 할 관세음보살님이 계신다

중년의 사내가 아파트 계단을 디딜 때마다 관세음보살님을 부른다
계단을 다 오르면 거기 오래도록 아프신 아버지가 계신다

북창(北窓)

자작나무숲이 거기에 있다
자작나무숲은 시인의 무덤, 차갑고 흰 손으로 쓴
묘비가 한 주 서 있다

북극성이 거기에 있다
북극성은 나그네의 별, 북극고도(北極高度)를 높이면
한줄기 가야 할 길이 보인다

북창을 열면

대관령 입새

구정 전날인데
대관령 입새에서 한 남자가 울고 있다
안경을 벗어들고
보도블록에 주저앉아 훌쩍이고 있다

제삿날만 되면
뜨내기 서울살이의 설움을 굽이굽이 싣고 와
한바탕 마당에 풀어놓다가
술 깬 다음날이면
문밖에서 서성이던 삼촌일까

상고 밴드부장 출신으로
밤거리를 전전하다
어느 날 밤 대관령을 넘어가서 아직도 돌아오지 않은
작은댁 막내 아저씨일까

구정 전날인데
친척들은 다 모였을 텐데

훌쩍이는 남자는 일어설 줄 모른다

아흔아홉 굽이 대관령
입새에서
한 남자가 울고 있다

3부

청단풍 아래

나는 불행하다
이 말을 하려고 여기까지 왔다

앞산은 온통 붉게 물드는데
나는 여전히 푸르고

사랑하는 사람은 앞을 지나가지만
나를 알아보지 못한다

내 붉은 가슴을 열어 보인들
당신이 나를 알아볼 수 있을까

스스로 문을 연다는 정선 자개골, 그 골짜기
끝에 서 있는 청단풍 한 그루

나는 불행하다
이 말을 하려고 여기까지 왔다

빈 도시락

— 故 노무현

젊은 아내가 어린 자식의 손을 잡고
가난의 들판을 가로질러 온다
또다른 한 손에는
꿈 많은 지아비에게 줄 점심 도시락이 들려 있다

부엉이 우는 밤이 오면
읽던 책을 덮고, 손수 지은 초당(草堂)의 문을 닫고
사랑하는 아내와 어여쁜 자식이 돌아간 길을 따라
바람 부는 들판을 가로질러 간다

그가 가자
살아남은 자들의 운명처럼
책은 낡아가고, 초당은 저 홀로 허물어져가고
들판은 다시 어둠 속에 가난해진다

빈 도시락 하나,
들판을 헤매며 덜그럭거린다

붉은 언덕

— 지변동

이 언덕에 오르면
할미꽃처럼 서럽던 바로 여기가
더는 퇴할 데 없는 자리임을 알겠다

만해는
세상사 더럽고 치사할 때마다
걸어걸어 내설악 백담사로 올라갔지만
머리 긴 나는
더는 올라갈 곳이 없다

빈 강의실에서 시를 짓고
여기 붉은 언덕에 올라
물 빠진 저수지 같은 청춘을 물끄러미 내려다보았으니

쩍쩍 갈라진 마음 또한
더는 멀리 가서 외롭지 않겠다

때로는 혓바닥으로 목탁 소리를 낼지라도

때로는 저잣거리의 술객이 될지라도
늘 여기서부터 진할 일이다

나아가고 나아간 뒤
다시 이 붉은 언덕으로 퇴할 일이다

뼝대

어린 자식과
철없는 아내를 두고
정선엘랑은 가지 마라

초가을 햇살 받으며
육 척 장신의 뼝대 밑을 한없이 걷지는 마라

그 옛날, 어느 화가는
이 길의 입새에서
붓을 꺾었고

세상을 이기려 했던 한 시인은
길 끝에 이르러
마침내 표박자가 되었다

초가을 정선에 들거들랑
뼈 마디마디가
흰 양초처럼 성성한

육 척 장신의 사내 곁에 서지 마라

세상을 다 이겨도
결코 이기지 못할 무량한 꿈이
거기에 있다

우리 동네 나이트에서는요

  우리 동네에는 역사와 전통을 자랑하는 나이트클럽이 하나 있는데요, 뭐 서울처럼 물 좋은 나이트는 아니구요, 그냥 동네 아저씨들과 아줌씨 들이 신나게 몸을 흔들다가 눈 맞으면 껴안고 돌다가, 뭐 그러다가 스리슬쩍 자리를 뜨기도 하는 곳인데요……

  며칠 전 후배 한 놈이 나이를 건사 못하고 이곳에 들렸다가 한 아줌씨한테 제대로 걸렸는데요, 그 아줌씨는 모처럼 총각 만났다며 구두 뒷굽이 나갈 정도로 신나게 놀았는데요, 문 닫을 때가 되자 잘 놀았다며 후배놈에게 지폐를 몇 장 찔러주고는 부러진 뒷굽을 들고 휘이휘이 사라지더라나요……

  며칠 뒤 후배놈이 중앙시장 앞을 지나가는데 웬 낯익은 목소리가 들려와 고개를 돌려보니 그 아줌씨가 어물전에서 고기를 팔고 있더래요, 양손에 싱싱한 산 문어를 움켜쥐고는 시장통이 떠나가라 소리를 지르고 있더라나요……

  후배놈은 그렇지 않아도 그 아줌씨가 찔러준 지폐에서 비린내가 났었다며 쪽팔려 죽겠다고 말하는데…… 이눔의 죽은 문어 대가리 같은 놈을 어물전에 내다 팔 수도 없고……

다람쥐

가을산 시린 계곡에
독거노인처럼 앉아 있는데
어디서 쪼르르 새끼 다람쥐 한 마리

너와 내가 바라보는
앞산의 단풍도
어제의 단풍이 아니듯

저 단풍이 다 지고 나면
또 멀리서 우리 앞에
흰 눈이 한 자씩 내려오고,

가만히 들여다보니
새끼 다람쥐 여린 등에는 줄무늬가 다섯 개, 꼬리 끝까지 이어진
시리디시린 운명줄이 한 개

갈 길 첩첩한 늦둥이 아들놈도
어느새 쪼르르 다섯 살

별

밤하늘에 웬 짐승 한 마리 떠 있습니다
가만히 귀 기울이면
쌔근쌔근 숨소리 들리는 어리디어린 짐승입니다

애비라고, 어둠에 묻힌 늙은 짐승 한 마리도
그 옆에서 별을 핥고 있습니다

자장가

늙으신 어머니
손주를 들쳐 업고 자장가를 부르시네
강물이 흘러흘러 바다로 가네

곱게 잠든 아이의 양손에는
맑고 이쁜 조약돌
조약돌이 흘러흘러 바다로 가네

포대기에 다 담지 못할
저 많은 숨결과 노래들

노래들이 흘러흘러 바다로 가네

마석

검은 손 하나가 잽싸게 번호를 찍고는
다림질이라도 한 듯한 천 원짜리 두 장을 주인에게 내밀었다

한 줄에는 먼 고국에 두고 온 마누라와 자기의 생일을
다른 한 줄에는 아들과 딸의 생일을 합쳐놓았다며
하얀 이를 내보였다

그러고는 무서운 사장님이 점심 식사를 마칠 시간이라며
가구 공장으로 가는 언덕길을 숨차게 올라갔다

물곰 해장국

차라리 바보처럼 살았으면
되뇌며 걷던 어제도 갔다

오늘은 또 어떤 가난과 치욕이 기다리고 있을지 모르는
미명의 길을 걷다보면
기차 건널목 건너 오래된 물곰 해장국집이 있다

손님도 없이
텅 빈 몸통을 덜그럭거리며 기차는 지나가고

바다 저 밑에 산다는 바보와
참 오롯하게도 만나는 아침

천부당만부당 부처님

연꽃등 허방을 밝히고 가는 도심 포교당 경내

여래는 법당에 좌정해 계시고
아내는 시장통에 장 보러 가고
세 살배기 아이는 좋아라 절 마당을 뛰어다니는데

합장을 올리며 절에 들어서던 노보살님이
천방지축 뛰어노는 아이를 보며 미소 지으시더니
천부당만부당하지, 암 천부당만부당해 하며 지나가신다

며칠 뒤면 여래께서 이 사바에 오신 날
아이는 잔디밭에 들어가 민들레를 따는데
노보살님은 어쩌자고 천부당만부당 하셨을까

노란 민들레를 손에 꼭 쥔 아이를 품에 안고
연꽃등 너머 여래를 보는데
여래는 노보살님의 천부당만부당을 들으셨는지
그 큰 귀를 늘어뜨리고는 말없이 눈을 감으시고

천부당만부당한 삶을 살아온 늙은 애비도
내가 모르는 삶을 살아갈 이 여린 아이에게만큼은
천부당만부당한 일들이 일어나질 않기를
또한 간절히, 간절히 빌어보느니

4부

너무 큰 말씀

바람 센 골짜기
풍경(風磬)도 자기를 견디지 못해
끈을 놓아버린 골짜기

노스님은
밤마다 떠꺼머리 청춘을 불러다놓고는
사는 게 재미없어, 사는 게 영 재미없어
하시곤 했다

잡을 끈 하나 없던 청춘은
어둠을 물듯
그 말을 덥석 덥석 물어버리고 말았는데

하의 가을이
다 내 쪽으로만 몰려오는 오늘 같은 날

어느덧 나도 모르게
그 말은

내 입에서 터져나와
미친 듯이 골짜기를 치고 올라가느니

올라가서
끈 없는 풍경처럼 매달리는 것이니

아무리 생각해도
앞날이 창창했던 청춘을 앞에 두고
하신 말씀치고는
너무하지 않았나 싶은 것이다

개울가에 앉아

개울가에 가 앉아
개울을 내 몸에 들이는 날이 많으니
내 몸에서
개울물 소리 들리나
귀 기울여봐라

깊은 산골짜기도 싫어
컴컴한 바다도 싫어
개울가에 가 앉는 날이 많으니
멀리 가기만 하던 내 사랑도
이쯤에서
거두어야 할까나보다

개울가에
개울가에
버들강아지 피어나면
슬프기만 하던 내 사랑이
이제야

저물었구나 생각해봐라

소름

당신은 내가 껴안을 때마다 온몸에 소름이 돋는다 한다
사랑이 소름이 되어 꽃 피던 시절이다

당신은 내가 껴안을 때마다 온몸에 소름이 돋는다 한다
미움이 소름이 되어 꽃 지던 시절이다

소름과 소름이 진달래 능선을 넘어가는 봄날

하여금
— 석남에게

어떤 별이 거기에 있어서
하여금, 나를 이 별에 오게 했는지 궁금할 때가 있지

이런 날이면
엉금엉금 내설악 골짜기를 거슬러 올라가보기도 하고
경포 바다 오리바위와 십리바위 사이에
오리무중인 내 청춘을 가만히 놓아보기도 하지

—오늘은 설악군의 바람이 차군, 또 코가 얼어버렸네
—오늘은 동해양의 파도가 높군, 또 키를 넘어버렸네

나는 거문고에 울음을 실을 줄도 모르고
돌에다 마음을 새길 줄도 모르니
종일 부뚜막처럼 앉아서 하여금이나 때고 있으려네

막대기를 휘휘 저으며
두 눈에 연기도 좀 넣으며

069

영북(嶺北)

꽝꽝 얼어붙은 강 밑에서
내장까지 다 보여주며
나 좀 봐, 나 좀 봐 하는 빙어를 보면
꼭 이놈이 시 같다

추위와 눈보라 속에서
살과 뼈가 녹아가며
침묵의 거친 숨을 내쉬는 황태를 보면
꼭, 꼭 이놈이 시인 같다

겨울이 와서
새들도 날지 않는 겨울이 와서
빙어와
황태와
꽝꽝 얼어붙은 강과

눈보라 치는 언덕

남애

어쩌면 없는 당신을 찾아 이곳에 왔는지도 모르겠습니다
당신은 없지만 남애,* 라고 부르면
왠지 금방이라도 따뜻해질 것 같아 이곳에 왔습니다

당신은 없지만, 없는 당신이 이곳으로 저를 데려왔습니다
가슴에 돌을 달고 오랫동안 이 바닷가에 머물고 싶습니다

햇볕에 달아오르는 돌이 천천히 당신을 불러오리라 믿습니다

* 강원도 양양군 현남면에 있는 해변.

적벽가

한 사내와 한 여인이
강파른 절벽 하나를 세워놓고는
그 위에 올라가
손을 꼭 잡고 한세상을 살았다

사내는 부채처럼 자기를 펼치고
여인은 부채처럼 자기를 접었으나
세상 저편에서 불어오는 바람은
절벽 밑, 무심한 동강의 등짝이나 떠밀다 가버리곤 했으니

그들이 손을 꼭 잡고 바라보던 맞은편 절벽은
돌단풍보다 붉게 물들고
그들이 이승을 떠난 뒤에도
간절한 소원만은 남아 핏빛보다 붉게 물들었으니

여기 말발굽 소리를 내며 바람이 달려도
절벽 위 두 그루 금강송과
붉게 물든 적벽*의 노래는

이승에서, 이승에서 지워지지 않으리

* 강원도 정선군 동강에 있는 붉은 절벽.

소래 포구

소래 포구에 가보지는 않았지만
소래, 하고 부르면 소래가 올 것 같아요

여래를 본 적이 없지만
여래, 하고 부르면
이 덧없는 사바를 건널 수 있을 것처럼요

아주 작은 포구라지요
내 작은 입술을 댈 만은 한가요

그곳으로 가는 철길도 남아 있다지요
가슴을 대면 저 멀리서 당신의 바다가 일렁인다지요

소래, 하고 부르면 당신은 정말 오시나요
여래, 하고 부르면
파도치는 난바다를 잠재울 수 있는 것처럼

소래, 하고 부르면

빈 배 저어저어 당신의 포구에 닿을 수 있나요

벚꽃 정원

새 한 마리를 보았다
새는 벚나무 위에 앉아 있었다
검은 눈, 붉은 꼬리의 새는
화사한 꽃잎을 입에 물고는 붉은 속울음을 울었다

새 한 마리를 보았다
새는 벚나무 위에 앉아 있었다
검은 눈, 붉은 꼬리의 새는
떨어지는 벚꽃을 보며 검은 울음을 울었다

새가 우는지, 벚꽃이 우는지 모르는 정원에서
그녀와 나는
벙어리처럼 한철을 살았다

폭설

간밤부터 폭설이다

내 살과 뼈가 된
강원도 오지 마을들은 또 두절이다

이런 날, 젊은 어머니는 백설기를 찌시고
천장에서 싸리꿀을 내리셨다

토끼 같았던 내 눈과 귀는 이내 순해져갔다

무지개

서산 너머에서 밤새 운 자 누구인가
아침 일찍 무지개가 떴네

슬픔이 저리도 둥글 수 있다면
내 낡은 옷가지 서넛 걸어놓고
산 너머 당신을 만나러 갈 수 있겠다

아픔이 저리도 봉긋할 수 있다면
분홍빛 당신의 가슴에
내 지친 머리를 파묻을 수 있겠다

서산에 뜬 무지개는
당신의 눈물처럼 참 맑기도 하지

돌들이 외롭다

돌들이 외롭다
내 눈이 닿는 산골짜기마다 돌들이 외롭다

돌들이 동동 발을 구르는 소리,
서로의 얼굴을 뭉개는 소리,
뼈와 살을 허무는 소리,
마침내 물이 되어
어둠 속을 철철 흐르는 소리,

자기 눈을 파먹은 까마귀 한 마리
빙빙 하늘을 돌던 내설악 골짜기

외로운 돌들이
일제히 기립하던 날들이 있었다

좌복

외진 절에서 기다란 좌복 하나를 얻어왔다

누구에게나
텅 빈 방 안에서
온몸으로 절을 올리고 싶을 때가 있는 것이다

찔레나무 가지 끝에서
막 고개를 쳐드는 자벌레 한 마리

가지가 찢어져라 애먼 하늘을 볼 때

묘비명

일평생 삼박사일을 꿈꾸었던 사내 여기 잠들다
낯선 이곳에서 비록 그의 꿈은 이루어지지 않았으나
햇볕 따스할 저 언덕 너머에서는 필경 그의 꿈이 이루어지리라

삼박사일, 이 장대한 꿈을 이루기에는 그의 생이 너무 짧았다

귀별

가난한 내가
가난한 나에게 쓰는 편지에는
언제나 귀별,

어제는 당신을 보내기 위해
밤새 거리를 헤매었다, 돌아갈 곳이 없으므로
홀로 소리치는 귀별,

만나고 헤어지는 것이
너무나 아득하지만
저 별까지의 거리만 하겠느냐고

귀별,
너무나 아득한 귀별,

가난한 내가
가난한 나에게 편지를 쓰고
가만히 불러보는

귀별,

민들레 2

1
가난하지만
가난하지 않아요

낮지만
낮지 않아요

저를 불어주세요
어디든 날아갈 수 있어요

2
장돌뱅이
장돌뱅이
천하의 장돌뱅이

벌거숭이
벌거숭이

천하의 벌거숭이

앉아서 천 리
서서 천 리를 가네

5부

첫눈 오시는 날

하늘에서 첫눈이 오시는 날은
내 속의 당신이 오시는 날

걸음마를 배우는 아이처럼
엉덩방아를 찧고도 좋아라 웃는 아이의 웃음처럼
그 모습을 보며 연잎처럼 퍼지는 당신의 미소처럼

하늘에서 첫눈이 오시는 날은
내가 잊었던 당신이 오시는 날

내 몸에 박힌 피투성이 가시도 빠져나가고
바깥으로, 바깥으로만 향하던 손톱 발톱도 다 빠져나가고
어느덧 연잎을 활짝 펼쳐든 그대

하늘에서 첫눈이 오시는 날은
내 속의 당신을 맞으러 가는 날

이 세상에 처음 찍힌 발자국처럼

내 속의 당신과 하나가 되어
그 발자국을 포개며 되돌아오는 길처럼

언제나, 언제나 첫눈을 맞는 마음처럼

란

효녀였던 그녀의 이름은 란

어머니 약값 벌러 먼 이국땅으로 시집왔으나
설 연휴 첫날, 아파트 십사 층에서 투신했다

혼자되어 떡장사로 그녀를 키워낸
어머니 후인킴아인은
택배로 딸의 유골과 위로금 봉투를 받았다

오늘은 란의 어머니가 한국으로 온 날
아오자이도 없이 잠바를 걸치고 온 날

란이 없으니
마중 나가는 이가 아무도 없다, 란이 없으니
붉은 눈물을 받아줄 이가 없다

분수

겨울 벌판에 배꼽 하나 떠 있다

푸른 하늘로 솟구치던 천 갈래, 만 갈래 몸짓도
마침내 내 것이 아니었다

탯줄 떨어진 자리에서
탯줄 떨어진 자리로 돌아가는 길

젖을 빨다 지쳐 잠이 든 아이의
볼록 솟은 배꼽 앞에서
늙은 애비는 겨울 벌판 같은 밥상을 끌어당긴다

가을 어귀

청평사 가는 배 위에서였던가

처음이자 마지막으로 만난
그 소설가는
내 나이를 알고 나서
맑게, 맑게도 놀라는 것이었다

정작 놀란 것은 나였으므로
그 가을, 뱃전에서 부서지던 물결은
물거품처럼 꺼져버린
내 청춘 같은 것이었다

가을이 와서
그 가을, 뱃전에서 부서지던 물결들이 다시 찾아와서
천지간의 나뭇잎들을 찰랑거리니

시방 내 슬픔은
마치 백 년이나 된 듯하고

나보다 먼저 죽은
그 소설가의 해맑은 얼굴은
슬프게, 슬프게도
가을 어귀를 지키고 있으니

생일

나에게도 생일이 와서
소고기 두 근 끊어다가 부모님께 드렸더니
어머니는 그걸로 미역국을 끓여서
내 밥상 위에 올려놓으신다

오늘부터 삼백예순 날
나는 또 이 세상에서
가장 순한 손님이 되었다

김종삼

악기들이 숨을 쉬는
낙원상가 뒤편, 빈 나무 탁자 네 개 덩그란 조깃집
주인아주머니가 흰 사발에 밥을 담고 있다

밥을 다 풀 때쯤이면
저 이밥 냄새와 참조기 굽는 냄새를 따라
어그적 어그적
한 사내가 찾아들 것이다

악기들이 숨을 쉬는 곳

심봤다

일평생 산을 쫓아다닌 사진가가 작품전을 열었는데, 우연히 전시장을 찾은 어떤 심마니가 한 작품 앞에 서서 감탄을 연발하며 발길을 옮기지 못하더란다. 이윽고 그 심마니는 사진가를 불러 이 좋은 산삼을 어디서 찍었느냐고 물어온 것인데, 사진을 찍고도 그 이쁜 꽃의 정체를 몰라 궁금해했던 사진가는 산삼이라는 얘기를 듣고는 기절초풍을 했더란다. 그날 이후 사진가는 작품전은 뒷전인 채 배낭을 메고 산삼 찍은 곳을 찾아 온 산속을 헤매게 되었다는데……

그 사진가는 허름한 곱창집에서 소주잔을 건네며 사는 게 꼭 꿈결 같다고 자꾸만 되뇌는데, 그게 자신한테 하는 말인지, 산삼한테 하는 말인지, 사진한테 하는 말인지 영 종잡을 수 없는 것이라, 이상한 것은 그 얘기를 듣는 나도 그 사진가를 따라 오랫동안 산속을 헤매 다닌 듯한 느낌에 사로잡히게 되었다는 것인데, 그리고 자꾸만 사는 게 꿈결 같다고 맞장구를 치는 것인데……

번지는 저녁

저녁이 와서
눈물 많은 새처럼 창에 번진다

저 새는
어느 하늘에 가서
머리를 파묻다
돌아왔을까

날개를 접은
어두운 방

저녁이 와서
내 창은
눈물 많은 새처럼 멀리멀리 번진다

자작나무숲을 지나온 바람

아침에 일어나면
가장 먼저 창을 열고 대관령을 보네
친구들은 대관령을 넘는 게 꿈이라고 했지만
나는 어릴 때부터
영 너머를 넘어가는 꿈 같은 건 꾸지 않았네
하긴 이상하지, 왜 나는
일찍부터 한곳에 머물길 원했었는지
왜 일찍부터 저 너머, 미지의 세계를 꿈꾸지 않았었는지
하지만 후회 같은 건 없네
내가 가장 먼저 창을 열고 대관령을 바라보는 것은
순전히 흰 자작나무숲 때문이지
대관령을 넘어온 찬 바람이
이마를 스치는 순간, 나는 대관령 정상에서
무리 지어 자라는 흰 자작나무 떼를 상상하게 되네
자작나무 떼를 지나온 하얗고
투명하고, 수정처럼 차디찬 바람 말일세
고향에 돌아온 것은
순전히 이 바람을 맞고 싶어서이지

여름 가고, 가을 가고
흰 눈 내리는 겨울이 와도
영 너머 도시에서는 이 바람을 맞을 수 없었다네
다시 고향에 돌아온 것은
순전히 자작나무숲을 지나온 바람 때문이란 걸
이 아침은 깨우쳐주네
창을 열면
거기 흰 갈기를 날리며
수백 마리 백마가 바다를 향해 달려가지

一 벽

一 자비원 유아방

一 한 여자아이가
품에서 떠나지 않았다

一 아비는 일용직 노무자
어미는 정신지체 장애인

一 품에서 내려놓으면
울음을 터뜨리며
벽으로 다가가 머리를 박았다

一 오늘 새벽, 해 뜨기 전
그 아이가
저세상으로 갔다

一 벽은, 오 착한 하나님은
그 작은 천사에게

100

왜 그러셨을까

사춘기

주머니란 주머니에서는 모두
하얀 종잇장들이 쏟아져나왔다

아버지는 의식이 돌아왔지만
나는 수심 깊은 침묵에서 돌아오지 못했다

담배를 찾아내려던 담임 선생님은
주머니만 뒤집어놓고 혀를 끌끌 차며 돌아섰다

그해 여름의 바다는 참으로 푸르렀지만
그해 여름의 바닷가는 죽은 조개껍질들로 가득했다

하얀 거품을 물고 망망대해를 떠도는 파도를 볼 때마다
그 많은 조개들의 혀와, 그 무서운 침묵의 종잇장들이 떠올랐다

나는 오래지 않아 시를 쓰기 시작했다

해설

외롭고 쓸쓸하지만 높은

박형준(시인)

이홍섭의 시는 저음(低音)의 목소리를 지니고 있다. 그 여운은 오래 남는다. 그런데 그 여운은 주의를 기울이지 않으면 들을 수 없는 메아리로 이루어져 있다. 낮게 우는 울음의 메아리라고 할 수 있다. 자신의 삶 전체를 시에 걸었으나 결코 큰 목소리를 내지 않았던, 그래서 시로써 자신의 말을 하지 못하고 시가 삶의 흔적이 되어버린. 이홍섭의 시는, 시로써 무엇을 관철하지 않는다. 그의 시는 짙은 서정적 울림을 자아내는 목소리로 이루어져 있지만 그 낮은 목소리는 애상에 젖어 있는 것은 아니며 실체를 지니고 있고 나름대로의 원칙성을 가지고 있다. 그의 침묵에 가까운 여백의 언어는 근본적으로 세상과 관련을 맺고 있다. 아무도 알아주지 않는 고독 속에서 시를 빚으며 빛나는 보석과도 같은 진실을 시에 숨겨놓고 있다.

　　그의 첫 시집 『강릉, 프라하, 함흥』의 「청파(靑坡) 여관」에는 다음과 같은 구절이 있다. "나는 자꾸만/ 죽은 나방이 끼어 있는 숙박부를 뒤적"인다. 청파 여관이 자리잡은 곳은 예전에 두 량짜리 기차가 지나가던 곳이었다. 그 여관에서 그는 숙박부를 뒤적인다. 그 속에는 기차가 지나가던 시절의 "속도를 줄이던 딸랑이 소리며/ 커져오던 불빛이며/ 기차 바퀴처럼 따스했던 수선스러움"이 흔적으로 남아 있다. 그 흔적이 숙박부에 끼어 있는 죽은 나방이다. 이제는 사라져버린 기차이고 지나간 삶들이지만 그것은 여관의 숙박부 깊은 곳에서 죽은 나방이라는 은유적 표현에 의해 근본적으로 세계와 관련을 맺고 있는 것이다. 청파 여관의 숙박부에 끼어 있는 죽은 나방은 잊혀지거나 사라진 삶의 진실들이 남긴 흔적들이다. 그 흔적들은 바로 시 자체인 것이다. 그 흔적은 자신의 비밀을 드러내야 하지만 삶의 비밀을 간직하기 위해 그 비밀을 침묵으로 만든다. 숙박부에 끼어 있는 죽은 나방은 이미 사라져버린 삶의 흔적이기에 무의미하다. 그런데 이홍섭은 그러한 무의미 속에서 의미를 찾는다. 이홍섭의 네번째 시집 『터미널』은 이러한 그의 생각이 집약돼 있는 시집이다. 터미널은 떠나가는 장소이면서 돌아오는 장소이다. 떠나감은 무언가를 버리는 행위이며 돌아옴은 무언가를 다시 회복하는 행위이다. 이 시집은 떠나간 사람이 다시 고향으로 돌아오는 지점에서 발생하고 있으며, 그 사이에 터미널이 있다.

　　강릉고속버스터미널 기역 자 모퉁이에서
　　앳된 여인이 갓난아이를 안고 울고 있다
　　울음이 멈추지 않자
　　누가 볼세라 기역 자 모퉁이를 오가며 울고 있다

저 모퉁이가 다 닳을 동안
그녀가 떠나보낸 누군가는 다시 올 수 있을까
다시 돌아올 수 없을 것 같다며
그녀는 모퉁이를 오가며 울고 있는데

엄마 품에서 곤히 잠든 아이는 앳되고 앳되어
먼 훗날, 맘마의 저 울음을 기억할 수 없고
기역 자 모퉁이만 댕그라니 남은 터미널은
저 넘치는 울음을 받아줄 수 없다

누군가 떠나고, 누군가 돌아오는 터미널에서
저기 앳되고 앳된 한 여인이 울고 있다
—「터미널 2」 전문

　　"누군가 떠나고, 누군가 돌아오는 터미널"이지만 그 떠나고 돌아오는 사람들의 흔적은 터미널의 "기역 자 모퉁이"에 남아 있다. 누군가를 떠나보냈던 여인은 이제 엄마가 되었으나 여전히 앳된 여인이다. 다시는 돌아오지 않을 것 같은 누군가가 다시 돌아오기를 기다리며 모퉁이를 오가며 울고 있다. 그 울음으로 모퉁이는 닳는다. 그런데 그의 시를 꼼꼼하게 읽은 독자라면 이 풍경이 낯설지 않다는 것을 느낄 수 있다. 이홍섭은 첫 시집의 「검은 항아리」에서 도시의 한 미친 여자를 이렇게 묘사했다. "그녀는 그녀가 서 있는 건물의 모서리를/ 닳아갔다/ 그녀의 몸에서/ 천천히 곰팡이가/ 피어났다 건물은 낡아갔고, 모서리는/ 부서져내리기 시작했다." 이 두 시에 나타나는 모퉁이와 모서리는 이홍섭이 세상으로 떠났되 떠나지 못했고 돌아왔되 돌아오지 못했음을 말해준다. 도시의 미친 여자가 앳된 여자로 바뀌어 있고 날카로운 모서리가 오래된 모퉁이로 바뀌어 있을 뿐 이 두 시의 공통점은 누군가를 기다리는 여인을 묘사하고 있기 때문이다. 도시의 모서리는 늘 그 자리에 서 있어서 어둠이 된 미친 여인의 흔적을, 고향으로 돌아오는 터미널의 모퉁이는 떠나간 누군가를 그리워하는 앳된 여인의 울음을 비밀스럽게 간직하고 있다. 이홍섭은 도시의 행인들의 베일 속에서 고향의 풍경을 보았고 고향으로 돌아오는 터미널에서는 반대로 도시의 풍경을 응시하고 있는 것이다.

이홍섭의 시는 언제나 떠남과 돌아옴을 반복한다. 그의 시는 진퇴를 거듭한다. 산문집 『곱게 싼 인연』에서 그는 이것을 "대부분의 사람들은 진할 곳은 있되, 퇴할 곳은 갖지 못하고 있다. 그래서 퇴는 곧 무덤이요, 패배라고 생각한다"(「삶의 진퇴를 안다는 것 — 만해 스님 생각」)라고 설명한 바 있다. 즉 진퇴의 육화를 통해서 삶을 앞으로 끌고 간다는 것. 그는 이 산문을 진퇴의 순간을 분명히 했던 만해에게 바치고 있지만, 이것은 또한 만해를 통해서 자신의 시의 행로를 간접적으로 드러낸 셈이라고 할 수 있다.

우리는 여기서 '정거장'과 '터미널'의 차이점을 살펴볼 필요가 있다. '정거장'은 익명의 존재들이 떠도는 공간이다. 거리와 거리 사이에 일정한 간격으로 늘어서 있는 정거장에서 사람들은 다른 지점으로 옮겨가기 위해 잠시만 머문다. 또한 정거장은 짧은 시간대로 분할되어 있으면서 연속적인 흐름을 이루고 있으며 그것은 시작도 끝도 없다. 도시의 시계적 지배를 받는 정거장은 쉴 새 없이 익명의 존재를 퍼나르며 타자와의 연관성을 좀체로 찾기 힘든 공간이다. 반면 '터미널'은 거리와 붙어 있으면서도 거리와 어느 정도 떨어져 있는 '거리 속 섬'이다. 터미널은 정거장과는 다르게 자신이 속한 거리의 지배를 받기는 하지만 거리에 방어막을 치고 있기에 나름의 존재성을 지니고 있는 공간이다. 그래서 사람들은 터미널이라는 공간 속에서는 서성거리거나 지나가는 타인들을 보며 자신의 존재에 대해 생각해보거나 나와 타자가 공유하는 시간을 헤아려볼 수 있다. 그래서 정거장이 일상의 지배를 받는 공간이라면 터미널은 존재의 지배를 받는 공간이다. 정거장에서는 시간이 연속적으로 흐르지만 터미널에서는 시간이 불연속적인 흐름을 이룬다. 덧없이 사라지는 것 같은 시간은 터미널에서 잠시 멈춘다. 터미널은 사라져가는 시간이 퇴적된 '터'이다. 그래서 떠나는 자와 돌아오는 자는 이 장소에서 만난다. 이홍섭이 이번 시집에서 귀향하는 자의 여정을 보여주면서 터미널을 중간 기착지로 삼는 것은 만남과 이별, 삶과 죽음이 서로 꼬리를 물고 있는 공간이기 때문이다. 즉 터미널은 자신이 타인들과 실존하고 있는 터이며, 방랑과 귀환이 서로를 응시하고 있는 장소이다.

이 터미널은 지하 1층 지상 3층

지하에는 장례식장
지상 3층에는 산부인과
그 사이를
늙고 병든 환자들이 오간다

사람들은 3층에서 태어나
지하로 내려갔다가
검은 차를 타고 어디론가 떠난다

남아 있는 사람들은
퀭한 눈으로
주머니 속의 차표를 만지작거린다
—「터미널 4」 전문

　이홍섭은 이번 시집 2부에 아홉 편의 '터미널' 연작을 수록하고 있다. 「터미널 4」를 보면 "이 터미널은 지하 1층 지상 3층"으로 되어 있고 "지하에는 장례식장/ 지상 3층에는 산부인과"가 있다. 이 장소에서 출생과 죽음은 서로 멀지 않다. 그리고 3층과 지하 1층은 서로 단절되어 있지 않다. 그 사이로 "늙고 병든 환자들"과 "남아 있는 사람들"이 있기 때문이다. 이들이 있기에 터미널은 존재성을 지닌다. 죽음을 기다리는 환자들과 어디론가 떠나기 위해 남아 있는 사람들은 역설적으로 이 공간에서 연결되어 있다. 이홍섭은 이 터미널에 떠남과 돌아옴이 남긴 기억을 펼쳐놓는다. 그러나 기억은 단순히 옛 기억으로 사라지는 것이 아니라 현재와의 연관

성 속에서 순환하며 다시 살아난다.

터미널은 이홍섭이 가족에 대한 기억들과 사라지고 태어나는 존재들의 "만나고 헤어짐을 반복해온"(「터미널 8」) 사연들과 "짐을 풀고, 짐을 싸기를 반복하는 사이"(「터미널 7」)라는 자신의 이야기를 대비시키며 펼쳐내는 공간이다. 그는 이 연작에서 터미널을 "짐 승"이라거나 "모퉁이"가 닳았다거나 "텅 텅 빈" 공간으로 묘사하고 있다. 즉 이홍섭의 시에서 터미널은 실용적 가치를 상실한 채 그 원초성만 간직하고 있는 모습이다. 그것은 추억 저편의 사물들과 기억의 파편들을 쏟아내며 조금씩 형체를 잃어간다. "평생 지아비 병수발로/ 간신히 여성이었던 어머니"(「터미널 3」)가 수술을 받고 텅 빈 자궁이 된 것처럼, 그것은 현실에서 보면 자신의 용도를 잃고 "떠나갈 버스도/ 돌아올 버스도 없는 텅 빈"(「터미널 6」) 추억이 되었다. 그러나 그 추억은 단순히 고향에 돌아온 자의 애상만을 담고 있는 것은 아니다. 터미널은 기억이 고정되어 있는 어떤 자리가 아니라 한 인간의 존재의 장소성으로서 인간에게 인간으로서의 삶의 가능성이 주어지게 되는 향수의 터전이 된다.

젊은 아버지는
어린 자식을 버스 앞에 세워놓고는 어디론가 사라지시곤 했다
강원도하고도 벽지로 가는 버스는 하루 한 번뿐인데
아버지는 늘 버스가 시동을 걸 때쯤 나타나시곤 했다

늙으신 아버지를 모시고
서울대병원으로 검진받으러 가는 길
버스 앞에 아버지를 세워놓고는
어디 가시지 말고, 꼭 이 자리에 서 계시라고 당부한다

커피 한 잔 마시고, 담배 한 대 피우고

벌써 버스에 오르셨겠지 하고 돌아왔는데
아버지는 그 자리에 꼭 서 계신다

어느새 이 짐승 같은 터미널에서
아버지가 가장 어리셨다
―「터미널」 전문

  이 시에서 이홍섭은 버스를 기다리는 한 삽화를 통해 과거가 현재에도 고스란히 되풀이되는 한 상황을 제시한다. 어린 시절 자식을 버스 앞에 세워놓고는 어디 가지 말라고, 꼭 이 자리에 서 있으라고 당부하던 젊은 아버지처럼 자식은 이제 그때의 젊은 아버지만한 나이가 되어 병든 아버지를 버스 앞에 세워놓는다. 아버지와 아들은 그렇게 서로의 삶을 산다. 터미널은 이와 같이 끊임없이 추억 저편의 사물들과 기억의 파편들을 비밀처럼 숨기고 있는 곳이며, 이홍섭은 그것들을 하나하나 호명하며 되살려놓고 있다. 그러나 그것은 그리움의 대상으로서 불려내진 것이 아니다. 사라져간 것, 잃어버린 것들의 "애간장이 눌어붙은"(「한계령」) 삶의 행로들을 현재화시킴으로써, 터미널이란 기억이 고정되어 있는 자리가 아니라 오히려 거기에서 인간에게 인간으로서의 삶의 가능성이 주어지게 되는 터전이 되는 것이다.

  ―고향에 돌아왔으니 이제 고향은 저 멀리 던져버려야겠다

  고향에 짐을 푼 첫날 밤, 이 한 구절이 섬광처럼 지나갔으나
  계절이 바뀌어도 뒷 문장이 이어지지 않는다

  나는 아직도 나그네의 고향으로 돌아가지 못했다

—「귀거래, 귀거래」 전문

　　이 시를 읽다보면 서울에서의 삶을 그만두고 고향으로 돌아간 사람의 입에서 나오는 첫마디가 이런 것일 수 있나 하는 통증이 일어난다. 의지와 슬픔이 뒤섞인 이 시 한 구절이 어쩌면 이 시집을 만들었구나 하는 생각까지 들게끔 하는 것이다. 결국 이홍섭에게 고향은 존재의 근원으로서 돌아가야 하는 그리움의 장소이면서 동시에 세계 속으로 뛰어들어야 하는 의지의 장소가 된다. 그래서 고향에 돌아와 짐을 푼 첫날 밤, 그는 "고향에 돌아왔으니 이제 고향은 저 멀리 던져버려야겠다"고 다짐을 하는 것이다. 다시 말해 세상에 나가 온갖 우여곡절을 겪으며 방랑한 자가 다시 고향에 돌아왔으나, 그러한 세상으로부터 물러남은 지리적 차원으로서의 고향으로의 안주하려 함이 아니라, 사라지거나 잊혀진 존재들을 하나하나 일으켜 세움으로써 드넓은 세상과 만나려는 정신적 차원과 연결되고 있는 것이다. 이홍섭이 이 시집에서 끈질기게 터미널이라는 공간을 물고 늘어지는 것은 이 때문이기도 하다. 그래서 그는 고향에 돌아왔지만 "아직도 나그네의 고향으로 돌아가지 못했다"고 말하는 것이다.

　　이홍섭은 『강릉, 프라하, 함흥』에서 "외로움을 비수처럼 견디는 길"과 "그대에게로 가는 먼 길"이라는 두 갈래 길을 제시한 바 있다. "비수"와 "먼 길"이라는 험난함. 이것에서 우리는 두 길이 쉽지 않은 길이라는 것을 알 수 있지만, 어찌되었든 중요한 것은 견디면서도 동시에 간다는 것이다. 그 견딤의 자세가 '퇴'이고 간다는 것 혹은 나아가는 것은 '진'이라고 할 수 있다. 이홍섭은 세속의 삶으로 나아가려는 움직임과 다시금 근원적인 곳으로 퇴하려는 이 모순적인 움직임을 동시에 지속하고 있는 것이다.

　　이 언덕에 오르면
　　할미꽃처럼 서럽던 바로 여기가
　　더는 퇴할 데 없는 자리임을 알겠다

　　만해는
　　세상사 더럽고 치사할 때마다

걸어걸어 내설악 백담사로 올라갔지만
머리 긴 나는
더는 올라갈 곳이 없다

빈 강의실에서 시를 짓고
여기 붉은 언덕에 올라
물 빠진 저수지 같은 청춘을 물끄러미 내려다보았으니

쩍쩍 갈라진 마음 또한
더는 멀리 가서 외롭지 않겠다

때로는 혓바닥으로 목탁 소리를 낼지라도
때로는 저잣거리의 술객이 될지라도
늘 여기서부터 진할 일이다

나아가고 나아간 뒤
다시 이 붉은 언덕으로 퇴할 일이다
　　　　　　—「붉은 언덕—지변동」 전문

　　그렇기에 앞서 인용한 산문과 맥을 같이하는 이 시에서 우리는 이 "붉은 언덕"이 또다른 의미의 '터미널'임을 알 수 있다. 이 시의 붉은 언덕은 시인이 대학 시절을 보낸 지변동의 한 언덕이다. 우선 한 문학청년이 외롭고 쓸쓸하게 혼자 빈 강의실에 남아 시를 짓는 풍경이 떠오른다. 아마 그 시는 빈한한 자신의 삶과 세상과의 연결고리를 찾고 있는 시였으리라. 그리고 그 청년 시인은 붉은 언덕에서 자신이 쓴 풍경 같은 세상을 내려다본다. 그 풍경은 외롭고 쓸쓸하며 금세 사라질 것처럼 펼쳐져 있으나 그래도 한 청년은 그 세상을 향해 나아가려는 의지를 다지고 있다. 자신이 서 있는 곳, 그 붉은 언덕은 더이상 "더는 퇴할 데 없는 자리"이고 "할미꽃처럼 서럽던" 기억만이 남아 있는 장소이지만 세계를 향해 나아갈 수 있는 근원적인 삶의 터전 혹은 시원적인 고향이 되고 있는 것이다. 따라서 이홍섭의 시편들에서 자주 등장하는 불교적 세계관도 우리는 이러한 맥락에서 접근해야 한다. 그는 세속의 삶과 인간 구원의 삶이 따로 떨어져 있는 것이 아니라, 바로 이러한 진퇴의 운동 속에 함께 있음을 불교적 사유를 통해 드러내고 있다.

절 밥을 축내던 시절
나는 밥때가 되면
죽어라고 산을 내려와 산을 마주하며 밥을 먹었다

찬물에 밥 말아 먹을지언정
밥은 꼭 세간에서 먹어야 한다고

이 비루먹을 세간에서
―「산 아래 식사」 부분

   이 시에서 알 수 있듯 이홍섭은 세속에서 구원으로, 구원에서 세속으로 오가며 부단히 그 접점을 찾고 있다. 산에서 불경을 읽다가도 "밥때가 되면/ 죽어라고 산을 내려와 산을 마주하며 밥을 먹"는 이 식사 자리야말로 외롭고 쓸쓸하지만 높은 정신의 세계를 보여준다. 이홍섭은 이번 시집에서 자신의 고향에 대한 나름의 성찰을 서정적으로 보여주고 있다. 자기 원적지를 낮은 목소리로 그러나 끈질기게 파고들면서 그 세계를 슬프고 아름답게 미학화하고 있으며 그것을 정신적인 경지로 끌어올리려는 노력을 보여주고 있다.

그에게 고향은 지리적 장소로서의 애틋한 대상이면서 다시 세워야 할 정신적 고향에 가깝다.

내가 가장 먼저 창을 열고 대관령을 바라보는 것은
순전히 흰 자작나무숲 때문이지
대관령을 넘어온 찬 바람이
이마를 스치는 순간, 나는 대관령 정상에서
무리 지어 자라는 흰 자작나무 떼를 상상하게 되네
자작나무 떼를 지나온 하얗고
투명하고, 수정처럼 차디찬 바람 말일세
고향에 돌아온 것은
순전히 이 바람을 맞고 싶어서이지
여름 가고, 가을 가고
희 눈 내리는 겨울이 와도
영 너머 도시에서는 이 바람을 맞을 수 없었다네
다시 고향에 돌아온 것은
순전히 자작나무숲을 지나온 바람 때문이란 걸
이 아침은 깨우쳐주네
창을 열면
거기 흰 갈기를 날리며
수백 마리 백마가 바다를 향해 달려가지
　　　　　―「자작나무숲을 지나온 바람」 부분

113

이번 시집의 마지막 부분에 수록된 이 시편은 과거의 추억이 단순히 애상이나 그리움의 대상이 아니라, 사라졌다 해도 예감의 산물로서 미래와 연관될 수 있다는 것을 아침의 여명처럼 찬란하게 보여주고 있다. 대관령 정상의 무리 지어 자라나는 흰 자작나무숲을 지나온 차가운 바람은 대관령 아흔아홉 굽이에 묻힌 고향의 추억과 기억을 보듬어 안으며 하나하나 일깨운다. 그래서 이번 이홍섭의 시집은 그러한 "자작나무 떼를 지나온 하얗고/ 투명하고, 수정처럼 차디찬 바람"이 되살려낸 흔적들이기도 하다.

　삶을 사랑하는 사람은 세계를 가족처럼 여긴다. 이 덧없이 빨리 변하는 세상에서, 그 찰나의 어느 한순간을 이렇게 성스럽게 모시는 사람, 그가 바로 이홍섭이다. "바람에 뒤집히는 감잎 한 장/ 엉덩이를 치켜들고 전진하는 애벌레 한 마리도" 그의 시에 오면 가족이 되고 "이 세상의 어여쁜 주인"(「주인」)이 된다.

이홍섭 1965년 강원도 강릉에서 태어났다. 1990년 『현대시세계』를 통해 등단했다. 시집 『강릉, 프라하, 함흥』『숨결』『가도 가도 서쪽인 당신』과 산문집 『곱게 싼 인연』이 있다.

문학동네시인선 006

터미널

ⓒ 이홍섭 2011

초판 인쇄 2011년 07월 18일
초판 발행 2011년 07월 28일

지은이 | 이홍섭
펴낸이 | 강병선
책임편집 | 김민정
편집 | 정세랑
디자인 | 수류산방(樹流山房)
본문 디자인 | 유현아
저작권 | 김미정 한문숙
마케팅 | 신정민 서유경 정소영 강병주
온라인 마케팅 | 이상혁 한민아 장선아
제작 | 안정숙 서동관 김애진
제작처 | 영신사(인쇄) 용산PUR(제본)

펴낸곳 | (주)문학동네
출판등록 | 1993년 10월 22일 제406-2003-000045호
주소 | 413-756 경기도 파주시 교하읍 문발리 파주출판도시 513-8
전자우편 | editor@munhak.com
대표전화 | 031) 955-8888
팩스 | 031) 955-8855
문의전화 | 031) 955-8890(마케팅), 031) 955-2656(편집)
문학동네카페 | http://cafe.naver.com/mhdn

ISBN 978-89-546-1529-7 03810
값 | 10,000원

* 이 책의 판권은 지은이와 문학동네에 있습니다. 이 책 내용의 전부 또는 일부를 재사용하려
  면 반드시 양측의 서면 동의를 받아야 합니다.
* 이 도서의 국립중앙도서관 출판시도서목록(CIP)은 e-CIP 홈페이지(http://www.nl.go.kr/
  ecip)에서 이용하실 수 있습니다. (CIP 제어번호 : CIP2011002936)
* 이 시집은 2010년 한국문화예술위원회 문예진흥기금을 수혜하였습니다.
www.munhak.com

문학동네